KB177147

초가삼간 오막살이

이문길 시집

시인의 말

서까래 일곱 개

서까래 일곱 개로 오두막을 지었다
산골짝에 외딴집을 지을 때같이
구들을 놓을 돌이 없어 땅을 파고
가마니를 둘렀다

부엌도 없고 마루도 없고 잠자리도 없는
방 가운데 혼자 앉아 모닥불을 피웠다

남은 세월 석기시대 사람같이 살다
떠나려고 한다
시집 제목을 『초가삼간 오막살이』라고
유행가 가사로 했다

나는 근사한 제목이 싫고

표지 그림이나 색깔 있는 것도 싫어

흰색으로만 했다

서까래 일곱 개 마음을 주신 분께

이 책을 드린다

차례

1부 그쪽

2부 이쪽

3부 저쪽

산문

1부 그쪽

대청마루

쥐구멍에도
볕 드는 날 있다고 해서
시 쓰며 살았는데

신문에 난 오늘의 운세를 보니
마루 밑에도 볕 드는 날 있다고 해서
웃었다

어릴 적 나는
아버지와 볕 잘 드는 커다란
기와집에 살았다

아버지가 죽자
오래된 대청마루 밑바닥이
이따금 빠졌다

복 없는 가족

TV에서
안중근 의사의 가족 사진을 보았다
참으로 복 없이 보이는 부인의 얼굴
아이들 얼굴

안중근 의사가 죽고
남은 세월 어떻게 살다 갔는지
눈물이 났다

행각승

나는 날 때부터
행각승이 되고 싶었다
세상에 온 것이 싫었기 때문이다

나는 나기 전부터
내가 어디로 가는지 알고 있었다
떠나온 곳으로 돌아가도
아무도 없다는 것을 알고
할 수 없이 가던 길을 계속 갔다

나는 갈 곳이 없어도 가는
행각승이 되고 싶었다
사는 것이 싫으니 아무것도 먹고 싶지 않았다

나는 다 늙어서야 시인이 되었지만
시인이 싫었다

나는 어릴 적부터 시인보다

되고 싶은 것이 있었다
아무도 안 볼 때 구름처럼
혼자 산을 넘어가는 행각승이 되고 싶었다

걱정

새벽까지
불 켜놓고 있는 집을 보고 있으면
걱정이 된다

옛날 젊었을 때
우리 부부처럼
싸우느라 밤새도록
불 켜둔 것 같아 걱정이 된다

왜 싸웠는지
무엇 때문에 싸웠는지

그때 왜 싸웠는지
알 수가 없다

선시

이 뭣꼬

가

뭐고

폭포

폭포는 폭포 뒤에 높은 산이 있고
그 산꼭대기까지 가는 먼 길이 있고
그 먼 길 끝에 하늘이 있어야 한다

아직까지 아무도 모르는
그 길 끝 적막 속에 살던 길잃은 것들이
헤매다 모여 떨어지는 것이 폭포다
서로 모르는 것들이 모였으니 소리가 크다
싸우는 소리 우는 소리 신음 소리도 들린다

나와 아내는 가뭄이 심한 어느 여름날
변산반도 절 옆에 있다는 폭포를 보러 갔는데
오줌 줄기 같은 물조차도 없고
뜨거운 햇볕이 달궈놓은 빈 절벽만 있었다

나는 우리나라 어디에 가면 나이아가라 같은
폭포가 있을까 지리산 뱀사골에 갔을 때
물줄기를 따라 산을 올라 갔으나

물소리가 점점 작아지더니 끝내
아무 소리도 들리지 않았다

나는 TV에서 폭포를 볼 때마다
잠자다 깨어 몰려나온 것 같아 놀란다
사람처럼 살려고 아우성치는 소리 같아 무섭다

낭떠러지 위에서 떨어지는 것이 폭포다
폭포는 위에서 보면 아무것도 아니고
떨어져 흘러가는 것을 보면 더더욱 아무것도 아니다
우는 것 같던 소리도 다 헛소리로 들린다

나는 먼 길을 걸어 온 것들이 떨어져
말없이 흘러가는 폭포를 보면 슬프다
어디로 가는지 모르겠다

벚꽃

나는 벚꽃이 피어도
벚꽃 구경은 가지 않는다
왜냐하면 일 년 동안 서로 멀리 떨어져 있어
어디서 사는지 잊어버렸기 때문이다

벚꽃이 피어 만발했을 때
내가 벚나무 아래를 지나가도
벚꽃은 내가 누군지 모른다

일 년에 한 번 벚꽃이 피어도
우리는 서로 못 본 채 지나간다

그러나 사실 우리 둘이는
내색은 안 하지만 서로를 알고 있다

봄이 가고 꽃이 다 져버려도
우리는 서로 모르는 척 딴청을 부린다
그러면 세월은 우리를 두고

또 혼자 흘러간다

마늘

마늘 철이 되어
마늘 상점 앞을 지나가니
경북 의성 시골이 생각난다

옛날 아내와 청량산 가다가
길 잘못 들어
시골 마늘 상점 앞에 오도 가도 못하고
서 있던 적이 있었다

그때 보았다
이조 말기에 살다가 남은 사람들
흰 무명옷 입고 똥지게 지고 살던 사람들을

마늘 철이 되니
시골 의성 마늘 상점 앞에 가보고 싶다
아내가 있다면 둘이서
거기 다시 한 번 찾아가 보고 싶다

옛날 사람들이 남아
살고 있는 시골 마을을

새 한 마리

잊히지 않는다
나 초등학교 들어가기 전
저녁 무렵 지금은 없어진
옛 대구농고 커다란 전봇대 나무
매타쉐콰이어에
어디서 날아와 잠들어 버리던
비둘기만 한 새 한 마리

한평생 잊히지 않는다
앉자마자 솔방울 같이 잠들어 버리던
새 한 마리

길 나섰다

세상 걱정 귀찮으면

길 나섰다 돌아올 때
문설주에 기대어
하늘 쳐다보고 있으면 되지요

아무도 없는
아무 말 없는
멀고 먼 하늘을
쳐다보고 있으면 되지요

방문

나는 아직도 궁금하다
한지가 어떻게
방문이 되는지

어릴 적 나는
엄마가 마실 가고 없는 날
울지 않고

햇빛 환한 방문 앞에
엎드려
낮잠을 잤다

밤

잠결에
머리맡에 무엇인가 떨어지는
소리가 나서
불 켜놓고 찾아도 없다

무엇이 떨어져 어디 갔는지
아무리 찾아도 없다

아내 있던 빈자리
그대로 있는데
무엇이 떨어져 어디 갔는지

무엇이 떨어져 어디 갔는지
알 수가 없다

잠 깨어보니 한밤중이라
다시 잤다

은하

나는 은하수가 우리나라에만 있는 줄 알았다 엄마가 장독대 위에 정화수를 떠 놓고 하늘 보고 절할 때 나도 엄마 뒤에 숨어 하늘 보고 절했다

해는 아침이면 왔다가 저녁이면 다른 나라로 가는 줄 알았지만, 밤이면 달과 별과 은하는 우리나라에만 오는 줄 알았다

어릴 적 밤똥 누러 간다고 뜰 앞을 나서면 구름 한 점 없는 하늘에 서쪽으로 흘러가던 은하 나는 그때 북두칠성은 알았지만 북극성은 어디 있는지 몰랐다 초등학교에 들어가서야 옛날 사람들은 북극성을 보고 갈 곳을 찾아간다는 것을 알았다

나는 그때 사람이 죽으면 별이 되어 하늘에 있는 줄 알았다 일찍 죽은 아버지도 하늘에 있는 줄 알았다 세상 떠난 슬픈 것들 모두 하늘에 있는 줄 알았다 그때는 하늘에서 별똥별이 참 많이도 떨어졌다

나는 대구 신천강변 수성구 하동에서 태어났다 초등학교 때부터 문둥이가 있을지도 모르는 보리가 가득한 들길을 혼자 걸어 범어동 산에 가서 혹시 떨어져 있는 별똥별이 있는가 찾았으나 없었다 황토 산에는 아무것도 없었다 나는 그때 서쪽 끝 멀리에 있는 큰 산을 보고 백두산인 줄 알았으나 중학생이 되어서야 그 산이 금오산인 줄 알았다

이제 가면 언제 오나 다시 못 올 슬픈 이별 나 간다고 슬퍼 말아라 때가 오면 다시 오리라

나는 지금도 밤하늘을 바라본다 희미한 별은 세상 떠난 지 오래되어 슬픔도 없어진 것 같다 혼자 남아 하늘에 있는 별을 보고 있으면 보고 있을수록 거기 풀꽃이 가득히 피어있는 초원이 있고 누군가 살고 있는 오두막이 있고 불 켜져 있는 그 집 앞을 지절대며 흐르고 있는 개울이 있는 것 같다

거기 가보고 싶다

사람

모르겠다
사람을 보면
왜 눈물이 나려고 하는지
모르겠다

모르겠다
사람을 보면
왜 눈물이 나려고 하는지

모르겠다
사람을 보면 왜 눈물이 나는지
왜 자꾸 눈물이 나는지 모르겠다

꽃

꽃이 아름답다지만
아름다운 여인만큼 아름다울 수는 없다

나에게도 잊히지 않는
아름다운 여인이 있다

토요일이면 교회에 돈 얻으러 와
전신주에 기대 서 있던
지능 장애인 여인

내가 다니는 병원에서
한 번 밖에 보지 못한
아름다운 수녀님

그리고 타향에 공직으로 있을 때
마누라 딸 있는데도
나보고 도망가자고 하던
아름다운 술집 아가씨

그리고 또 한 명 있다
우리 집 위층에 살다 이사 간 여인
나 보고 인사 잘하던 키가 조그마한 여인

지금도 나에게는
보고 싶은 여인이 있다
꽃보다 아름다운 여인
평생 잊히지 않는 여인

소나무

소나무는
산에 살지만

사람이 모르는 채 두면
시골 길가에도 살고 논둑이나
초가 뒤안 흙담 아래서도 산다

소나무는 웃고 떠드는 나무가 아니다
소나무는 사람이 시끄러워 산에 살고
오래된 큰 소나무는 왕릉이나 절간 곁에
살고 있다 바람 부는 날 소나무가
무슨 소리를 하는지 거기 가면 알 수 있다

옛날 어느 날 아픈 아내를 휠체어에 태우고
고모리 호숫가를 돌다가
작은 소나무 묘목을 갖고 와 화분에 심었는데
자꾸 웃자라 할 수 없이 살던 곳에 가져가
다시 심어 주었다

늙은 소나무는 젊은 소나무보다 오래 산다
소나무는 절벽이나 바위틈에 구부러져
자란 것이 아름답다

세월이 약이던가
사람들은 산에 사는 큰 소나무를 가져와
아파트 단지에 심는다

키 큰 소나무는 사람과 같이 사는 것이
마음에 안 들지만
아무 말 안 하고 같이 산다

밤중에 바람 부는 날이면
나는 아파트 뒤안 모퉁이에 있는
소나무 우는 소리를 듣는다
무엇인가 말하는 소나무 소리에 귀 기울인다

살 수 있는 길

생명 없이도
살 수 있는 길은 없는 것일까
나는 세상에 오자 걱정이 되었다

생명 있는 곳은
사는 것이 편하지 않다는 것을
알았기 때문이다

나는 오고 싶지 않은 곳에 와서
살고 싶지 않으면서 사는 것이 싫었다
나는 사람이 있기 전에 있었던 곳
내 생명이 없었던 곳
그곳에 가서 살고 싶었다

나는 세상 오기 전부터 알고 있었다
세상 생명이
죽어서 갈 저승이 없다는 것을

나는 돌아오지 못하더라도
가보고 싶었다
세상 생명이 없는 곳
거기 가보고 싶었다
거기 가서 혼자 살고 싶었다

내 소리

나도
산에 있는 나무들처럼
웃고 떠든 적 있다

혼자 웃고 떠들다
아무도 없어
벙어리가 된 적 있다

오늘은
내 우는 소리 사라진
산 위 먼 하늘을 바라본다

거기 어디서 들린다
소란 피우다 간
내 소리

웃고 떠들던 소리

길

멀어도
가면 갈 길이 있지만
안 가면
없는 것이 길이다

아내 2

오늘도 나를 보고 있는
강아지의 눈은 무엇인가
원망하는 눈빛이다

산골짝 외딴집에 살 때
내 등 뒤에서 말없이
나를 보고 있던 아내의 눈빛이다

밥을 주어도
냄새만 맡고 먹지 않는 강아지
원망하는 눈빛으로 보고 있는 강아지

어저께는 아내 혼자 있는 산에
갔다 왔다

푸른 하늘 저 멀리 푸른 하늘
한쪽 구석에서
무언가 원망하는 눈으로 보고 있는

아내의 눈빛을 보고 왔다

술집

술은 아무 곳에서나
먹어도 되는데
왜 술집에서 먹는지 모르겠다

삼덕동 뒷골목
가난한 문인들이 쉬어가던 대폿집
옛날 어느 날 그 집에서
반쯤 늙은 주모와 내가
대판 싸움이 붙었다

그날 주모가 문득 한숨을 쉬며 말했다
이놈의 세상 살면 뭐 하노
죽는 것이 낫겠다

그때 나는 나도 모르게 소리쳤다
그렇게 살기 싫으면 뒈져라
그래서 싸움이 붙었다

옛날 내가 자주 가던
가난한 문인들이 들려가던
삼덕동 뒷골목 대폿집 앞 밤길을 지나간다

캄캄한 골목길
어둠 속에 잠겨 안 보인다
아무것도 안 보인다

산속의 나무는

모를 것이다

산에 사는 나무는 왜 산에 사는지
아무도 안 보는데
왜 꽃이 피고 잎이 피는지

모를 것이다 산속의 나무는
산속에 오기 전 누가
산속에 살다가 갔는지

죽어 누웠으면
왜 숨소리가 없는지

세상의 깊은 잠
깨어나고 싶어 말없이
하늘과 마주 서 있는 나무들

산속의 나무는 모를 것이다

가을이면 왜 풀벌레가 우는지

산속에도 해가 뜨고
해가 지는지

2부 이쪽

서쪽 길 1

길 가다
돌아보는 길

아무도 없어
쓸쓸하다

새 떼 모여 우는
풀숲에 앉아

해 저무는
서쪽을 바라본다

누가
오려나

기다려도 아무도
오지 않는 길

서쪽 길

서쪽 길 2

서쪽 길 끝에서 보면
보인다
절며 가는 것들

먼저 와 쉬던 것들
어디 갔는지 안 보이고
짚고 가는 작대기 소리만 들린다

오는 사람 맞아줄
사람 없는 서쪽 길

해 저물면 보인다
길 가다 쉬고 있는
남은 사람들

잠 1

몸이 편하면
잠이 온다

밤중에
깨어 있어 보면 안다
편한 잠자리가
어디인가를

거기서 기다리면
잠이 온다는 것을

산불

산불이 난 강원도 강릉시 저동
한 주민의 집이 불에 탄 뒤
축사에 남아 있던 소 두 마리를
구출했다고 했다 나는 TV에서
얼굴이 그을은 소 두 마리를 보았다

나는 걱정이 되었다
불탄 그 집 축사 천정에 살던
거미나 썩은 짚 속에 살던 귀뚜라미나
똬아리 벌레는 어떻게 되었는지
걱정이 되었다

나는 강원도에 산불이 날 때마다
사람들이 산에 살면서 산신님에게
제사를 지내지 않았다고 생각했다

산불 난 소식을 들을 때마다
산속에 무엇이 없어졌는지

가보고 싶었다

자고 나면

자고 나면 낫는 것

1. 눈
2. 팔다리
3. 입
4. 이
5. 코
6. 목
7. 귀

:

:

10. 근심 걱정

자고 나도 안 낫는 것

1. 허리
2. 무릎
3. 두통, 치통
4. 앞다리, 뒷다리
5. 치질

6. 이

7. 두통

:

:

10. 근심 걱정

꽃 중의 꽃

내 앞의 여인이 물었다
꽃에 비교하면 나는 무슨 꽃입니까

내가 여인의 얼굴을 자세히 들여다보다가 말했다
호박꽃입니다

말해놓고 보니 안 되겠다 싶어 다시 말했다
숫호박꽃은 볼 것이 없지만
암꽃은 아름답습니다
들여다볼수록 아름답습니다

그래도 안 되겠다 싶어 다시 말했다
암호박꽃은 꽃가루 천지입니다
꿀도 가득합니다
그래 벌들이 그냥 지나지 못하고
찾아듭니다

장미꽃 같은 것은 필 때부터 시들 때까지

고생하는 모습이 역력하지만
암호박꽃은 꽃봉오리에 열매가 맺혀있어
아름답습니다
호박꽃은 시들어도 걱정이 없습니다

내가 여인을 다시 쳐다보며 말했다
아무것도 아닌 것 같은
호박꽃이 얼마나 아름다운지 아십니까
암꽃을 자세히 보십시오
꽃 중의 꽃은 호박꽃입니다
그래도 말이 없길래 안 되겠다 싶어 도망 나왔다

12월 말에

12월 말의 눈은
안 내리고 산으로 올라간다

제가끔 가는 길이 따로 있는지
산속으로 가는 것도 있고
가다가 돌아오는 것도 있다

모두 얼굴이 하얗게 얼어
아무말도 못한다

피곤한 모습으로
자려고 마른 풀 위를 떠도는 눈

12월 말 어둠 속에 내리는 눈은
집 안에 나 있는 걸 보고
내게 오려고
창문 앞으로 몰려든다

겨울

불 켜놓고
잔다

길고
긴 겨울

이제
불 켜놓고
눈뜨고도 잔다

길고
긴 겨울

낙엽

인적없는 송산1교
시멘트 다리 아래로 지나가니
누군가 자꾸 따라와 돌아보니
낙엽 하나 소리 내며 굴러온다

가지마라 가지마라
부르며 따라와
어디론지 가버린다

어떻게 할까
그만 돌아갈까 망설이며
내다보는 밝은 세상
참 쓸쓸하기도 하다

집에 와서도 자꾸 들린다
가지마라 가지마라 부르며
따라오던 낙엽 구르는 소리

너무 오래

강 하나가 흘러
사람을 모여 살게 하고

산 하나가 다 살고
갈 곳 없는 것을
숨어 살게 하네

강은 갈수록 낮게 모여 흐르고
산은 갈수록 높이 솟아 구름 속에 떠 있네

강굽이마다 산굽이마다
모여 살고 있는 사람들
강은 모르는 채 흘러가고
산도 모르는 채 눈 감고 자네

나 이제 떠나야겠네
사람 사는 마을 지나가며 알았네
나 타향에서 너무 오래 살았네

감사 기도

나는 마침내 알았다
밥상 앞에 앉아
일용할 양식을 주신 하나님께
감사 기도할 것이 아니고
나 때문에 죽은
콩나물 마늘 파 돼지 소 물고기에게
고맙고 미안하고 감사한 마음으로
기도해야 한다는 것을

쐐기풀

모르겠다
쐐기풀이 왜 전봇대를
타고 올라가는지

지난해 마른 풀줄기
아직 남아 있는데
왜 자꾸 타고 올라가는지

길 지나다 쳐다보고 있으니
쐐기풀이 말한다
세상에서 쓸모없다 하는 것이 싫어
도망갈 곳이 전봇대뿐이라네
그래 자꾸 올라간다네
거기가 세상 끝인 줄 알면서도
자꾸 올라간다네

벙거지 노인

벙거지 쓴 노인
오늘도 만났다

전립선암이 있어
시계를 보며 하루에 2만 걸음을
걷는다는 노인
나는 그 노인의 말을 듣고
산 넘어 하늘을 바라보았다

사람 안 보이는 산굽이에서
소변을 본다는 노인
오늘은 나 보고 어디까지 갔다
오느냐고 물어
바람 따라 한 3만리 갔다
온다고 했다

그리고 한동안 안 보였는데
오늘은 멀리서 나를 보고

반갑다고 손을 흔든다
그리고 하는 말이
길 가다 예쁜 처녀가 있으면
한번 안아봐야겠다고 하며
웃으며 갔다

그 후 그 노인 보지 못했다
벙거지 쓴 노인

수락산 뒤 골짝

밤새도록
수락산 뒤 골짝에 비가 와
물 구경하러 갔는데

물은 물때만 남기고
흘러가고 없고
개울에 살던 오리 두 마리
떠내려가고 없네

젖은 돌 위에 앉아
바라보는 수락산 뒤 골짝
울다 남은 흰 구름 한 조각
쉬고 있네

가을걷이 끝난
수락산 뒤 골짝

늦은 세월 늦은 밤 비 오더니

풀 시들고
비어있는 농막
누군가 살다 떠나고 없네

그늘

물도 그늘이 있다

산속 풀 속에 숨어 있다가
떠내려가 강 아래 있다가
바다로 내려가 잠들어 있다

거기 가면 들을 수 있다
철썩이며 부르는 노래
그늘의 노래를

해 뜨면 나무 그늘 풀 그늘
산 그늘 바위 그늘 집 그늘
그 사이로 내 그늘이 지나간다

해 질 무렵이면 보인다 그늘의 집
누가 살다 간 빈집이 보인다

거기 가면 들을 수 있다 깊은 물 속 같이

아무도 부르지 못한 노래
아무도 들을 수 없는 그늘의 노래

누군가 두고 간 노래
흘러간 노래

자는 꽃

꽃들은
밤에 어떻게 자는가

불 켜놓고 보니
세상을 버린 것 같이
꽃잎을 오므리고 잔다

꽃 없는
꽃나무는 어떻게 자는가
보고 있다가 알았다

꿈꾸며 자고 있어
아무말도 못 한다는 것을

저승 3

저승이 없다는 것을 아는 데
평생 걸렸다

저승이 있다고
헛소리하는 사람을
알게 된 것도
평생 걸렸다

풀꽃

들녘에서 꺾어온
풀꽃을 병에 꽂아 두었더니
창가에 있는 화분이
별 쓸모 없이 보였다

아아, 잠시지만 병에 꽂힌 꽃을 보며
나는 뿌리 없는 생명의
아름다움에 감사했다

사흘 후 다시
들녘에서 풀꽃을 꺾어와
병에 꽂아두고 보았다

아아, 나는 다시 한번
그 뿌리 없는 생명의 아름다움에
감사했다

장마

이것들아
집에 들어온 물을
바가지로 퍼내면
어떡하나
양동이로 퍼내야지

환풍기

장마 지난 들녘
비닐하우스에
환풍기 돌아가는 소리

아무것도 없다고
혼자 말하며
삐걱대며 돌아가는
환풍기 소리

풋것 시든 산 밑에
불 켜이지 않은 집들

빈 들녘에 혼자 삐걱대며
돌아가는
환풍기 소리

천당

드디어 알았다
천당에 가면
사람이 없다는 것을

두고두고 잊으려도
잊히지 않던 사람 없고

거기는 사람 사랑할
사람도 없다는 것을

바다

바닷가에 가면 있다
혼자 웅얼대는 바다

갈 길 못 간 것들 모여
성내어 우는 바다

언젠가는 들을 건너고
지붕을 넘고
산을 넘어갈 바다

바닷가에 가면 걱정이 된다
바닷가에 사는 사람들
바닷바람에 늙어가는 사람들

지붕 위에 건어물
흔들리는 집들

바닷가에 가면 있다

나 여기 있다
떠나라고
사람들 다 잠든 한밤중에도
웅얼대는 바다

병원에서

성모병원에서
의사같이 흰옷을 입고 일하는 신부를 보았다
그의 충혈된 붉은 눈이
무서웠다

그리고 또 보았다
안내석에 앉아있는 수녀님
삶의 불이 꺼져 있는
희미한 눈동자를

봄

한겨울
비 오는 것이 보고 싶어
커튼 열어두고 잔다

밤이면
눈 감고 자는 것들
어디서 눈 뜨고 자는 것들이 있는 것 같아
귀를 기울인다

언제 세월이 가는지
자꾸 가는지
걱정이 된다

창밖에 비 안 오고
눈이 온다

해 1

해 떨어진다
해 떨어진다
서산에 해 떨어진다

공중에 있던 해
하늘 끝에 있다가
하늘 아래로 내려간다

해 간다
해 간다
해 이제 멀리 간다

하늘에 살던 해
이제 피곤하여 가면 못 온단다

내일은 못 온단다
내일은 안 온단다

해 간다
해 간다
서산 위에 해 가다가 서
나 한 번 보다가 간다

해 2

아무것도 없는데
머 구경합니꺼

해 구경 했심더
해가 지나가다
내 보고 갔심더

해가 자꾸 못보게 해서
다 못보았는데
틀림없이 내 보고 갔심더

지금 해가 하늘
어디쯤에서 쉬다 가는지 찾아보니
공동묘지 앞 미루나무 꼭대기
빈 까치 집 위에 있심더
거기서 오도가도 안 하고 있심더

그래 해가 뭐라고 합디꺼

아무 소리 안 합디더

내가 어디가냐고
물어볼라 했는데
산 넘어가고 없었심더

어두워서

나는 산에 갈 때마다
절간에 혹시 벌거벗고 있는 부처가 있는지
대적광전 옆문을 조심스레 열고
들여다본다

나는 밤에 혹시 아무도 없다고
벌거벗고 있는 보살은 없는지
문틈으로 몰래 들여다보았으나
어두워서 잘 보이지 않았다

낮에도 어두워서 잘 보이지 않는 부처
자세히 보면 모두
아래를 천으로 가려놓았다

나는 벌거벗고 있는 부처가 있으면
절을 한번 해보려고 했으나 없어
아직 절을 하지 못했다

나는 밤이 되면
산속에 무슨 일이 있을지 걱정이 된다

촛불을 켰으나 어두워서
혹시 벌거벗고 있는 부처가 있는지도 모르고
절하는 사람이 있을까 걱정이 된다

돌

돌은 땅속에도 있다
그냥 두었으면 평생을
땅속에 있었을 돌
밭두렁에 모아 버려진 돌을 보면
슬프다

나는 돌이 돌다리가 되고 석축이 되고
탑이 되고 부처가 된 것을 보면
돌이 돌 같지 않아 슬프다

땅속에 있다 밖에 나온 돌
비 오면 눈물 흘리는 돌

우리가 세상에 살면서
누가 세상에 사는지 모르는 것처럼
돌도 누가 땅에 사는지 모르는 것 같다

나는 땅 위에 나와

벙어리가 된 돌을 보면 슬프다
날이 밝아도 어디 가지 않고 있는 돌
말할 수 있어도 말 안 하는 돌을 보면
가슴이 아프다

산 2

산속에도 높은 산봉우리가 있어
거기까지 가보지 못하고 돌아왔다

산속 나무 속에서도 큰 나무가 있어
한번 안아보지 못하고 돌아왔다
안고 귀 기울여 어떻게 살았는지
물어보고 싶었으나 그냥 왔다

그냥 와 돌아서 보는 산
거기 무엇인가 두고 온 것이 있어
오늘도 산을 바라본다

죄

죄 없이는
생명도 없는 것이다

산 3

산에 가면
모두가 와서 쉬는 줄 알았다

하늘도 산골짝에서
쉬는 줄 알았다

비 온 뒤 산에 가 보았다
산 끝까지 가 보았으나
아무도 없었다

나무들이 모여서
막아서 있었다
어디서 걱정하며 우는
산새 소리만 들렸다

산에 간 김에
산을 넘어 가 보았으나
아무도 없었다

산길 가다 쉬는 사람도 없었다

오늘도 길 가다가
돌아서 본다
아무도 없는 산

술

사람들이
왜 술을 먹는지 모르겠다

아무리 생각해도
술을 먹고
왜 취하는지 모르겠다

예술이란

예술이란
혼자 흘러갈 수 있는 공간을 만들고
흘러가는 것이다

아니다 예술이란
그 공간 속을 흘러가다 서 있는
자신과 세상을 보는 것이다

가을

하늘에 별이
헤아릴 수 없이 많다지만
풀벌레 우는 소리만큼
많을 수 있을까

밤 들자 별은
하늘에서 하늘 보며 울고
풀벌레는 땅에서
땅 보고 운다

누가 너 거기 살라고 하여
살고 있는가
은하는 하늘 어디로 흘러가는가

가을이면
여름에 다 가고도 남은 별이 있어
반짝이고 또 반짝이고

땅벌레들은 땅이 젖도록
울고 또 울어
눈물바다가 되고

천상

나는 태어나면서부터
알았다

천상에는
흙이 없다는 것을

까치

공동묘지 앞
참나무 꼭대기에 있는
빈 까치집

봄이 오면 찾아올
까치 있을까 기다렸지만
아무것도 안 온다

다시 겨울 되어 눈이 내린다
공동묘지에 눈 내리고
산이 흐려지고
빈 까치집이 눈 속에 잠긴다

어어이

미장원에 머리 깎으러 가면
여인들이 나 보고 어르신 왔다고
작가님 왔다고 인사를 했다

나는 듣기 싫었다
나는 어르신이 아니고 작가도 선생도 아니고
시인도 아니고 아무것도 아니니
그렇게 부르지 말라고 했다

그때 한 여인이 말했다
나이 많은 분을 보면
마음이 편안하다고 하며 친구 하자고 했다
그리고 나 보고 친구야 하고 불러 모두 웃었다

내가 말했다 맞아 죽고 싶으면
그렇게 하라고 했더니 다시 모두 웃었다

나는 집에 와서도 나를 어떻게 부르게 할까

고심하다가
드디어 한 가지 이름을 생각해 내었다
나를 보면 기다렸다고 어어이 어어이 하고
부르던 산의 소리였다

생각할수록 좋은 소리지만 사람들이
정말 그렇게 불러줄지는 아직 모르겠다

이사 온 지

이사 온 지 십여 년 만에
먼지 앉은 방충망을 열었다

오늘 아침 베란다에
노오란 주키니 호박꽃 한 개와
파란 나팔꽃 세 개가 피었기 때문이다

지난가을 산책길에서
받아두었다 심은 나팔꽃 씨앗
빨간 꽃은 안 피고 파란 꽃만 피었다

아파트 십 층을 멀다 않고
찾아오는 손님이 있을까 기다려도
아무도 오지 않고
옛날 낯익은 집파리 한 마리만
들어왔다 갔다

세상에 온다는 말도 안 하고 와서

간다는 말도 못 하고 가는 것들
방충망 열어두었으나 아무도 오지 않고
꽃들만 피었다 시들었다

3부 저쪽

문 닫힌 집

나와 봐라
나와 봐라
손님 왔다 나와 봐라

산골짝 외딴집
문 열고 내다보던 아내

나와 봐라
나와 봐라
손님 왔다 나와 봐라

불러도 대답없는 집
산골짝에 문 닫힌 집
지금은 없어진 집

구름 1

잘도 가네요
우리도 따라갈까요

아무도 안 보면

밀면 가지
안 밀면 못 가지
가다가 서 있지

서 있으면
못 가지 안 가지

가다가 누가 보면
안 가지
밀어도 안 가지

가다가 서다가
가다가 서다가
가는 세월

아무도
안 보면 가지

어디 가는지
모르고 가지

큰일

큰일 났다

산골짝에 아내와 둘이 살려고 자리 마련해 두고
아내는 먼저 떠나고 나도 곧 떠나려는데
오십 넘도록 장가 안 간 아들이 우리 곁에 온다고 해서
놀랐다 공원 사무실에 등록해 놓았다고 했다

그 후 어느 날 막내딸이 하는 말이 딸 넷 모두 아버지
엄마 곁에 온다고 해서 놀랐다 내가 걱정이 되어
시집갔으면 시집 식구 있는 데로 가야지 절대
안 된다고 해도 소용없었다 스무 명까지 갈 수
있다고 해서 더욱 놀랐다

큰일 났다

시집간 딸들이 오면 사위들도 따라 올 것이고
외손자들까지 오면 큰일 났다 산골짝 한 곳에 마을
하나 생기게 되었으니 큰일 났다

아무리 생각해도 나중에 산골짝에 불날 것 같다
살다 보니 별일 다 있다 아내와 내가 다른 곳으로
도망가려 해도 갈 수 없으니 큰일 났다

산 1

아내가 있는 산에 갔다가 혹시 나와 같은 경주 이씨가 있는지 찾아보았으나 없었다 길 건너 가족 묘지가 있는 곳까지 가서 찾아보았으나 없었다

나는 혹시 대구 팔공산 뒤에 모여 사는 아내의 성씨 부림 홍씨가 있는지 찾아보았으나 없었다 나는 그날 처음으로 우리는 아는 사람 없는 타향에 너무 멀리 와 오래 산 것을 알았다

나는 혹시 나와 비슷한 성씨가 있는가 찾다가 경주 최씨가 있는 것을 발견하고 반가웠다 중학교 때 경주 수학여행 갔다가 경주 이씨 경주 최씨 경주 김씨가 한 곳에 태어난 바위를 보았기 때문이다

아내가 있는 산에 갔다가 바로 우리 집 위에 이사 온 지 며칠 안 된 새 식구를 발견했다 기뻤다 낯선 산속에 친구 하나가 생겼기 때문이다 그래 이제 곧 내가 아내 곁에 가면 아내보다 먼저 찾아가 인사하기로 마음먹고 돌아왔다

기다려진다

저승 1

갔다가 온다고

허튼소리 하지 말고
어서 가거라

올 수 있어도
절대로 오면 안 된다

거기 가서는
말 잘 들어라

거기 사는 사람과
싸우면 안 된다

몰래 올 수 있어도
오면 안 된다

저승이 없어도

돌아오면 안 된다
너 없이도 잘 살 수 있다

그러니 두고 가는 세상
걱정 말고 가거라

저승 2

나는 죽음을 걱정하지 않는다
가야 할 저승이 없기 때문이다

가야 할 저승이 없으니 저승사자가 없고
저승사자가 없으니 염라대왕도 없고

염라대왕이 없으니
하나님이 없고 하나님이 없으니
천사나 선녀도 없고
귀신이나 마귀 같은 것도 없는 것이다

나는 한평생 세상 떠나면
어디 갈까 걱정했는데
드디어 저승이 없다는 것을 알았다

참으로 오랜 세월이 지난 후에야 알았다
세상 끝나는 날 없어지면 된다는 것을
세상 생명은 저승이 없다는 것을

이승에서 없어진 것은 저승에도 없다는 것을

마음

마음이 편해야
누워 있는 것이 편하지

누워 있는 것이 편해야
마음이 편하지

마음이 안 편하면
누워 있는 것도 안 편하지

아무리 땅속에 오래 누워 있어도
마음이 안 편하지

누가 내 집 위에 흙 덮어놓고
걱정 잊고 자라고 해도
잠이 안 오지

땅속에 있어도
마음이 편해야

누워 있는 것이 편하지

마음이 편해야 잠을 자지

구름 2

호천망극
푸른 하늘에 흘러가는
흰 구름 한 송이

호천망극
말없이 흘러가는
흰 구름 한 송이

강

모르겠다
모이면 왜 흘러가는지

모르겠다
모이면 왜 흘러가는지

타향

이사를 가버리면
아내가 못 찾아올 것 같아
이사를 안 가고

낡은 아파트에 머뭇거리며
세월을 보낸다

이사 가는 이웃을 보면
나도 따라 어디론지 가고 싶지만
혹시 아내가 와 나를 찾을까 봐
이사를 안 간다

오늘도 외출했다 돌아와
문 열고 누가 왔는지 들여다본다

내 타향에서
마지막으로 머무는 집

화경

여기가 어디인가
잡혀 온 물고기의 눈이
점점 커지더니 차츰 어두워 갔다

멀고 먼 서쪽 저녁놀이
화경 같이 잠시 환하다가
어두워 갔다

안경

안경을 쓰면
눈이 안 보인다

안경을 벗으면
안경만 보인다

저승을 보려면
안경을 써야 하지만

저승에 가려면
안경을 벗어야 한다

처음 가는 길이니
걱정할 것 없다

오늘 저승 가는 길이 보여
안경을 쓰니

저승이
안 보인다

멀기도 하다
고향 가는 길이 멀기도 하다

소

병든 소를 보고
사람은 소를 걱정하지만
소도 사람을 보고
무엇인가 걱정하는 것 같다

긴 속눈썹 속에 있는
커다란 눈을 보고 있으면
그런 생각이 든다

어디서 오다 멈추어 버린 것일까
느린 걸음으로 걷지 않고
조금만 더 빨리 걸었으면
사람과 만날 수 있었으련만

여물을 먹으며
한숨 쉬는 것을 보고 있으면
미안한 생각이 든다

나는 안다 언젠가는
그리 멀지 않아서
어디서 우연히 서로가 만날 날이
있으리라는 것을

말 안 하고 있는 커다란 화경 속을
보고 있으면
남루한 사람의 모습이 보인다

한 번만 눈 감았다 뜨면
흔적 없어질 사람의 모습을

젖어 있는 길

나는 안다
누군가 세상을 만들 때
한 방울의 눈물로 만들었다는 것을

젖어 있는 그 길에 서 있으면
그를 만날 수 있다는 것을 알고 있다

나는 그가 지나간
흔적을 찾을 것이다
그의 눈물의 흔적이 마르기 전
그를 찾을 것이다

만일 내가 그 길에 서 있다가
아무도 없다고 울어버리면
안 된다는 것을 나는 알고 있다

나는 오늘도 내가 세상에 오기 전부터
있었던 그 길을 간다

해 지는 서쪽에
젖어 있는 길

민들레

제비꽃 씀바귀꽃을 보면
웃음이 나고

민들레 노오란 꽃을 보면
반가워 웃음이 나오려다 눈물이 난다
또 한 해가 가는구나 눈물이 난다

길 가다 나뭇가지에 걸려 있는
하얀 밀들레꽃 씨앗을 떼어
하늘로 날려 보낸다

길 건너 앞산에 가면
풀꽃들이 나를 반기며 인사를 한다
내게 가까이 오려고 온갖 웃음을 웃는다

제비꽃 씀바귀꽃을 보면
웃음이 나지만

노오란 민들레꽃을 보면
반가워 웃다가 눈물이 난다
또 한 해가 가는구나 눈물이 난다

하직

쓸모없이
남아 있는 것 같다

오늘은 담 밑에 있는
참새 두 마리를 보고

미루나무에 앉아있는
까치 한 마리를 보았다

남아 있는 것
더 살고 싶은 것이
쓸모없이 남아있는 것 같아
슬프다

잠 2

자다가 눈떠보니
저승이 아니라서

자다가 눈떠보니
저승이 아니라서 다시 잔다

야곱같이 돌단 쌓을 힘이 없어
다시 잔다

다시 잔다
자다가 눈떠보니 세상이 그대로 있어
눈 감고 다시 잔다

산하

한숨 자고 나니
산하가 그대로네

눈 감고 자면
멀리 갈 줄 알았는데
아무 데도 못 갔구나

눈 뜨면 보이는
저 산하

두고 가려니
산하
저녁 먼빛에 쓸쓸하다

주저앉아 있다가

주저앉아 있다가
죽으면 되는데
아내는 밤중에 병원에서
어떻게 죽었는지
알 수가 없다

하늘

공원 의자에 앉아
흔들리는 나뭇잎 사이로
푸른 하늘 보고 있으니
하늘이 말한다

걱정하지 마라
너 보고 싶으면 나도
하늘에서
너 보고 있다

아내 1

아내 찾아가려 하니
내 몸에서 흙냄새가 나네

아이 업고 푯것 이고
시장 가던 아내
등에 배인 오줌 냄새도 나네

아내 산속에 누워 이제
편안하겠네

오늘 막내 딸아이와
아내 찾아가네

5월 푸른 들길에
이름 모를 벌들이 날아다니네
어디서 흙냄새가 나네
찔레꽃 향기도 나네

슬픈 날

약국에
약사님이 말했다

내가 다 살았다고 하자
자세히 보지도 않고
백 살은 더 살겠다고 했다

그래서 나는 알았다
죽을 날이 얼마 남지 않았다는 것을

그날 나는 종일
살아 있는 것이 슬펐다

우습다

우습다
왜 바닷속에 있던 것이 올라와
산이 되고

왜 땅 위에 있던 것이
바닷속에 들어 갔는지

왜 바닷속에 들어가
숨어 있는지

우습다
왜 바닷속에 있던 것이
산이 될 때 따라 나오고

땅이 바닷속에 들어갈 때
왜 따라 들어갔는지

빈집

말 없는 들녘 끝에
말 없는 산이 있고

철썩이는 바다에도
흘러와 말이 없는 개울이 있네

말 없는 들풀 속에도
말 없는 기다림이 있고

누가 떠돌다 집 짓고 살다 갔는가
빈집들 있네

타향에서 살던 집 두고
길 떠나려니

문 앞에 별들이 반짝이며
기다리고 있네

하늘에 빈집 하나 있다고
별들이 말하네

어서 오라고
반짝이고 또 반짝이네

산문

망했다

언제던가 나와 아내 딸 셋이서 청도 운문사에 간 적이 있다. 방문객은 우리뿐이었다. 그날 성철 스님이 오셔서 비구니들에게 법문을 하고 있었다. 나는 그날 범같이 무섭게 생긴 성철 스님의 얼굴을 처음 보았다. 스님은 이상하게도 말씀을 하시다가 자꾸 우리를 쳐다보았다. 우리는 큰 소나무 아래에서 오도 가도 못하고 서 있었다. 그 후 '산은 산이요 물은 물' 이라는 스님의 말씀을 듣고 왜 중이 되었나 물어보고 싶어 해인사 산골짝 끝에 있는 암자를 찾아갔다. 마침 스님은 출타 중이시고 웬 젊은 중 하나가 나를 보고 숨어버리는 통에 하는 수 없이 담 아래 자라고 있던 담쟁이덩굴만 몇 개 뽑아 와 집 담 밑에 심었더니 잘도 자랐다. 그러나 3년을 지나지 않아 담쟁이는 담을 넘어 이웃집으로 건너가 할 수 없이 모두 뽑아 버리고 말았다. 그 후 나는 성철 스님에게 딸 하나가 있는데 그 딸도 승려가 되었고 스님보다 먼저 세상을 떠났다는 것을 알았다. 나는 그 소식을 듣고 성철 스님 집안이 망했다는 것을 알고 슬펐다.

내가 군에 입대하기 전 어느 날 대구 동인동 교회 문 앞에서 김치대 목사님이 나를 보고 말했다. 너를 보면 자꾸 위대한 사람을 보는 것 같다고 했다. 나는 목사님이 왜 그런 소리를 했는지 지금도 알 수 없다. 목사님은 내가 쓴 시를 좋아했다. 어느 날 내가 술에 취해 목사님을 보고 "하나님이 정말 있어요 없어요"하고 자꾸 물었더니 목사님은 "내가 우예 아노"하고 도망을 갔다. 그날 이후 나는 하늘을 쳐다보는 교인이 되었다.

나는 의무병이었지만 제대를 앞둔 고향 선배 때문에 3년 동안 군인 교회에서 근무했다. 내가 세례를 받지 않았다고 아무리 말해도 괜찮다고 하면서 기어이 군인 교회에 근무하게 했다. 나는 교회에서 혼자 지내며 새벽 4시면 종을 쳤다. 하나님이 내 종소리를 들었는지는 지금도 모르겠다. 하늘이 나를 그렇게 인도한다는 것을 알고 순명했다. 나는 그때 기도가 하고 싶으면 한밤중에도 교회 바깥으로 나와 내린 눈 위에라도

무릎 꿇고 앉아 하늘을 보면서 〈여호와는 나의 목자시니〉 같은 시를 쓰게 해달라고 기도했다. 그때부터 지금까지 내 기도는 변함없다. 나는 지금도 길을 가면서 〈내 주를 가까이하게 함은〉 같은 찬송가를 부른다.

그 후 세월이 훨씬 지나 어느 날 누가 김수환 신부님에게 신부님은 5개 국어를 잘하신다고 하는데 무엇을 제일 잘하십니까 하고 물었더니 신부님이 웃는 얼굴로 대답하시길 "내가 제일 잘하는 것은 거짓말입니다"라고 하셨다는 말을 듣고 나는 다시 한번 하늘을 쳐다보는 교인이 되었다.

내가 평생 기를 쓰며 안 것은 세상 생명은 저승이 없다는 것이다. 나같이 저승이 없어 갈 곳이 없어 망한 사람이 있다는 것을 알게 된 것이다.

초가삼간 오막살이

2024년 1월 30일 초판1쇄 발행
지은이 이문길 **펴낸이** 김성민 **기획위원** 장옥관 **편집디자인** 김경자

펴낸곳 도서출판 브로콜리숲 **출판등록** 제2020-000004호
주소 41743 대구광역시 서구 북비산로 65길 36, 2층 **전화** 010-2505-6996 **팩스** 053-581-6997
홈페이지 www.broccoliwood.com **인스타그램** broccoliwood_ **전자우편** gwangin@hanmail.net

 ISBN 979-11-89847-73-9 03810

*책값은 뒤표지에 표시되어 있습니다.